어느 악기의 고백

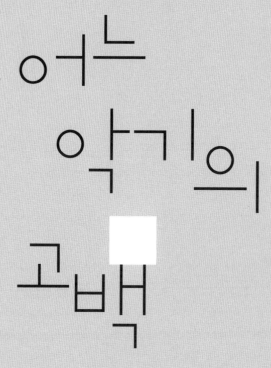

어느
악기의
고백

시인수첩 시인선 034

김효선 시집

문학수첩

다시,

봄을 쓴다

연두가 오고 있다

쓴맛을 사랑한다

고백하건대,

나는 또 너를 여기에 쓰고 말았구나

김효선

3부 | 가장 어렵게 읽히는 기억을 삽니다

해설 | 고봉준(문학평론가)

물의 언어 · 147

1부

사랑만큼 지독한
방부제가 있을까

바다유리심장

절벽에 핀 나리꽃은 얼마나 아찔한 목소리인지

휘파람에 허밍이 얹혀 오는 아침
너무 오래 미워하면 너무 오래 사랑하게 된다
깨지기 쉬운 심장을 바다에 던져 버렸다

나비의 잠을 보고 온 날은 너무 빨리 늙어 버린 것 같아서

원왕생 원왕생
한 계절 앞서 달리는 편백나무 숲에서
그릴 사람 있다 사뢰고 싶습니다*

너무 많은 걸 생각하면 나를 잃어버려서
아무리 애써도 알 수 없는 것들
오다가 주웠어 그런 모서리에 기댄 밤

눈썹은 언제 다 자라서 바다를 가질까

* 「원왕생가」 중 "원왕생 원왕생/그릴 사람 있다고 사뢰소서".

애인
— 어떤 방식으로든 이전에 죽은 모든 사람

화분 밖으로 튀어 나간
오르간 파이프 선인장
두 주먹으로 가린 표정을 자르면
맹렬하게 태양의 발끝을 핥는다
오체투지로 살아남은 사막의 전사는

사자와 싸워 이길 수 있다거나
숨어 있다 나타나는 독사처럼
시시껄렁한 입술에 입을 맞추면
거울의 지루함을 가릴 수 있다 그런데

너는 왜 자꾸 살아 있는 것만 주니?
화분 밖으로 튀어 나가길 좋아하는 애인과
여러해살이풀처럼 자꾸 돌아오는 인연

주머니에 신성한 콜라나무 열매를 간직해
흐리거나 슬픈 기억을 쥐어 주고
밤을 지켜 줄 목양견을 만난다면

호루라기를 불어도 오지 않는 사람을 잊을까

밑동이 잘린 나무 사막에 앉아
가시풀로 제 피 맛을 즐기는 낙타처럼
나를 키운 애인이 불안이라면

문밖의 죽음을 데려와
오래오래 사랑할 테다

크루아상*

모서리에만 앉는
초승달
이유 없이 서쪽으로 기울어지는 어깨
오스트리아에서였다

밀밭 위로 달빛이 흘렀겠다
네가 내 속으로 거칠게 들어와
한 번도 뱉은 적 없는 신음
날카롭게 부서지고 조이며
빈 곳만 헤집고 쑤욱-
만질수록 부풀어 오른다

달은 왜 아픈 곳만 긋고 지나가는가

손톱은 자라고 자라는 윤회를 심어 놓고
이 별은 헤어진 자리에서 다시 만난다
너는 투르크 태생으로
나는 오스트리아인으로

아득한 허공으로 눈빛을 버리면
냄새는 허기로 오는 비둘기

은밀하고 깊은
오스트리아에서였다

* 초승달 모양으로 만든 작은 빵.

어느 악기의 고백

첫눈이 온다고 했을 때 눈을 감았다
비가 내린다고 했을 때 귀를 닫았다
오후 다섯 시부터
태양은 매일 자신이 죽는 곳으로 인간들을 인도한다*
이 세상에 우연이 없다고 생각해?

줄을 튕기면 바다거북의 심장 소리와
암소가 내지르는 비명과
산양의 창자에서 쏟아지는 핏물
12월이면 나는 사라진다 수수께끼처럼 휘파람을 불며
나는 공기의 모든 것

늦게 오는 사람이 있다
기다림 끝에 더 긴 기다림이 있을 거라는 예언은 틀리
지 않았다
다시는 그 얼굴을 보지 않겠다고 다짐하며
달은 사라진다
살점이 아직 무릎뼈에 붙어 있다

죽는 것도 죽지 않는 것도 아닌
잊지도 못하고 놓지도 못하는
이 세상에 영원이 없다고 생각해?

이별할 때 버드나무를 꺾어 주었다는
옛사람의 눈빛으로 소금을 켠다
내지르는 비명은 달콤하다

긴 어둠에서 17년을 버티고 나와
고작 두 시간 동안 치른 정사
네 목소리를 들은 건 일주일이다
물론 옷을 벗고 있었다는 건
너만 아는 비밀

* 파스칼 키냐르.

기연(機緣)*

나는 언제나 먼저 가 기다리는 쪽
울타리에 심장을 얹은 명자꽃

별보다 창문이 많은 골목 봄이면 포클레인이 벽을 부
순다 심장을 뚫고 허공을 자른다 연대하는 창문과 따돌
리는 불빛 너는 어느 창문에서 왔니 도무지 아침을 아침
이라 부를 수 없는 불투명의 눈빛들

장미라고 부르면 가시의 마음이 될까 너를 자기라고
부르면 자기가 내가 되는 걸까 내가 자기가 되는 걸까 떨
어져도 깨지지 않는 플라스틱 소리만 요란하다

백 년에 딱 한 번 물 밖으로 고개를 내민다는 눈먼 거
북과 딱 한 개의 구멍뿐인 나무 그 둘이 만날 확률이 운
명이라고 한다면 북쪽 창문으로 들어온 먼지가 내 어깨
에 내려앉아 밤마다 같은 꿈을 꿀 확률은

그러나 더 높은 곳에 벼락이 있다

우연히 맞아 본 적 있는 번개처럼

* 불법을 받은 인연이 그 사람에게 본래 있었다는 뜻으로 기연이라 한다.

우표를 붙이겠습니까

우체국에 갑니다 쓸쓸해서
새도 없이 새장을 키우면서 말이죠
오늘의 날씨에 소인을 찍는다면
아침에 본 깃털을 저녁에도 볼 수 있나요

어제 사랑한 얼굴이 도무지 기억나지 않아요
새장을 키우면 새는 한 번쯤 고백을 할까요

우리가 다시 사랑한다면
마르고 닳도록 침이 마르게
어제의 계단을 닦겠습니다

마흔 살부터 똑같은 헤어스타일
국물 없는 떡볶이를 좋아하고
문을 열자마자 브래지어를 벗어 던질 때
우표를 붙이겠습니까

새도 없는 새장에서 깃털이 떨어지고

아무리 흔들어도
새장은 깨어나지 않아요

오늘의 운세는 희망을 가져도 좋습니다
우체국은 아직 열려 있습니다 아무렴요,

미투리

사백 년 지나 나는 발견된다
사랑만큼 지독한 방부제가 있을까

인간의 표정은 삼천 가지라는데
죽음 이후에 표정은 어디에 고여 흐를까

어디로 가려던 눈짓일까 무거운 문고리를 오래 부여잡
은 손이 촛농처럼 흘러내리고 원이 아버지 원이 아버지
저 달이 저물도록 머리카락과 삼을 꼬아 원망이 닿는 곳
에 놓아두렵니다 구구하고 절절한 이 마음을 녹여 귀주
머니에 걸어 두고 허방에 들렵니다 신은 어디에서도 발
을 보여 주지 않으니까요

졸음에 겨워 고개를 떨궜을 때
잡은 손은 어디로 눈길을 돌렸을까
서로의 이름에 자물쇠를 채워 놓고
아무도 찾아가지 않는 녹슨 맹세들

머리맡엔

천년을 버틴 침목이 말없이 누워 있다

먼 바다

당신은 모자 안에 뭘 숨기고 있나요
안개는 자주 미간을 잃어버린 채
망망한 대해를 건너야 하는
상투를 쓰고 있지만

모자를 쓰고
사과를 숨기는 사람을 알고 있어요
사과에서 멀어진 기억으로 살기 위해
아침마다 사과즙을 짜내는 손을

모자 안에 장미꽃은 없어요
기린의 목은 왜 모자 안으로 들어갔는지
누가 창문 좀 열어 줘요
담쟁이의 끈질긴 입술을 받아들이느라
목이 말라요 제발 그만 좀 먹어요

양파 껍질처럼 한 겹 한 겹 벗겨지는
모자를 아세요

폭우처럼 쏟아지는 게릴라성 여자를

제발, 모자 안의 당신을 꺼내 주세요

그런데 왜 이렇게 쓸쓸한 거죠?

나전칠 모란넝쿨무늬에 감기다

모란꽃 사백오십 송이를 그려 바쳤다
죽어서 꽃으로 태어나는 몸은
고맙습니다
헤어지면서 이 말을 하게 될 줄이야

손등을 깨워 주름을 본다고 해도
꽃의 마지막은 바닥
고맙습니다 미안합니다
사랑하지 않으면서 헤어질 수 없는
공생이라는 이름 어쩌면 좋니 어쩌면

귀를 열지 않는 경전함엔 적막 – 漠
여기까지인가 봅니다 다시
파도가 밀려와 부서지는 횟수만큼
아름다울 수 있는 조개껍데기들
깨어진 조각을 이어 붙이면
피할 수 없는 인드라망

고맙습니다
다시는 돌아올 수 없게 만드는 말
불투명과 가능성 사이 얼마나 많은
바닥을 뒤집었나 얼마나 많은 침을
뱉었나

모란꽃 사백오십 송이로 떨어지는 졸음
서랍을 닫았나 열었나

사랑하는 서쪽

지문을 찍고 나면
서쪽 심장을 내준 것 같아
지문 인식기를 통과할 때마다
누군가 대신 거기 서 있다

운명의 절반을 껴안아 무너져 버린 부위

먼발치에 서서 무른 사과를 먹는 사자처럼
나무 위에서 새끼를 떨어뜨리는 독사처럼
서쪽에서 태어난 몽고반점은
간절하다가도 독기가 차올라 숨이 멎는다

굴러갔는데 굴러오지 않는 대답
구름도 숨어 버린 하늘에
누가 엎드려 울다 간 흔적일까
강물에 두 손을 모으고 오래 물을 흘려보냈다

무엇으로 서쪽을 닦아 내 지문을 지울 것인가

가만히

찔레꽃이 핀다 슬개골이 아프다

분홍바늘꽃

여기는 낯선 오름
오른쪽 어깨에 올라탄 나비

생의 자전주기는
한 사람을 잃으면 또 한 사람을 잃는 것
따고 보니 속 빈 하늘타리
가까이 갈수록 비뚤어지는 구름
무릎이 시큰하게 젖는다

심장에 바늘을 꽂고
10년을 살았더라는 사람
찔린 부위보다 찌르는 부위 쪽으로
기울었던 마음일까

오름에 비가 내리면
가장 익숙한 절망의 손짓으로
꽃에서 멀어진 주문은
혀가 길어지거나

발작으로 둥글어지거나

날자, 날자, 한 번만 더 날자꾸나*
심장에 바늘을 꽂은 채
내리는 비 쪽으로 쏠리는 어깨

* 이상, 『날개』.

개기 월식

민낯을 보여 주면 우린 헤어질까
그래 내 뺨은 너무 파리해
엷은 보랏빛 새도를 눈 위에 칠하고
볼 터치는 분홍빛 도는 복사꽃으로 할까
황홀해서 벌써 셔터를 누르는 사람들 좀 봐
아직 붉은 립스틱은 바르지도 않았는데

아무도 모르게 나는 나를 자학하는 힘으로 견디지
　마음을 훔친 사람보다 마음을 뺏긴 사람의 뒤통수만
본 탓

　달에게 던지는 부메랑
　지금 뭐해?
　슬퍼하지 않으려고 슬픔의 볼륨을 올리는 중이야
　슬픔으로 가득 찬 내 생각을 읽어 줘
　슬픔이 필요해 보입니다
　슬픈 인연을 들려 드리겠습니다

모로 눕는 버릇은 여전해서
내 뒤를 밝히던 사람이
영원히 사라져 버린 줄도 모르고

반쯤은 엎질러지고 반쯤은 헤어질 궁리를
하고 있었는지도 몰라

골목이 없다면

책에서 배운 사랑은 회전문 안에서 목숨처럼 사랑하고 집착하고 멀어지고 다시 만나고 사랑하는 척하고 헤어지지 못하고 음소거 상태이고

골목에서 골목이 튀어나오는 꿈을
얼마나 오래 꾸고 있는 걸까

내가 사는 곳이 내게서 가장 멀다 고개만 돌려도 볼 수 있는 곳을 20년째 그냥 지나쳤다
살아본 사람은 살아 본 사람을 버리니까

먼나무의 미래를 알고 있니?
가로수 열매는 기껏해야 새들의 몫, 사는 건 누구에게나 먼 나무, 열매와 무관하게 새들은 길에서 죽어 간다, 잃어버린 골목에서 튀어나와,

들어가고 나오는 동안
너무 오래 등 돌린 서로에게 무슨 말을 할까

골목을 물끄러미 세워 둔 채 돌아서는 날이 많았다

여자 47호

누군가 한밤중에 피아노를 친다
작은 깃털과 머리카락이 흩어져 있지만
아무도 보이지 않았다
달이 보이지 않는 밤이었다

밤마다 내 몸에 천공을 내는 건반들
나비가 누르면 꽃잎 떨어지는 소리 와르르
내 잠을 한 번도 쉬어 본 적 없는 귀

기다릴 게 너무 많은 사람이 나무로 태어난대
가문비나무에서 불어오는 미레도 시도레도 라라라라

어느새 벽은 소리를 가둔다
비는 언제까지 내리기로 한 걸까
아무도 그 벽을 허물지 못한다 딴딴딴
벽이 걸어가지 못한 길은 빗방울이 대신 걷는대
돌아가지 못한 빗방울이 나무의 소리를 갖는대

조금만 더 살아 보자 살아 보자
아직도 절벽에서 떨어지는 꿈으로 키가 자란다면
건반으로 벽을 열 수도 있어

세상에서 가장 두려운 건
내가 나를 버릴까 봐
밤마다 나를 안고 꾸는 꿈

꽉 조인 코르셋이 악어가 될 때까지 피아노는 멈추지
않았지만

멜랑콜리아

창은 몇 개의 얼굴로도 만족하지 못한다

꽃이 많아서 듣지 못하는 귀
한 고막이 찢기면 다른 고막이
오래된 쇠구슬을 굴리며
달팽이 안으로 어서어서 들어와

그치만 오늘 손목시계가 멈췄어

시시콜콜 서로를 말하던 우리는 어느 날 시시콜콜 알
아야 해? 그렇게 시시하고 콜콜스럽게 버려지고 다시 시
와 시는 냄비 받침대가 되고 컵라면 뚜껑을 덮고 콜과
콜은 새벽에 잡지 못한 택시처럼 씩씩대고 고작 비가 내
리고 권운처럼 비행운처럼 기다림을 기다리고

120년 만에 화성과 목성이 만난다는 전갈자리
오리온을 가질 수 없다면 고비의 선인장이 되겠어
우연이 겹친다는 말이 운명을 바꾼다면

지구가 흔들릴 만큼 낭만적인 흙탕물을 튕겨 줘
휘파람 불며 떨어지는 별똥별처럼

그치만 오늘 길에서 죽은 고양이를 봤어

숨은물 뱅듸[*]

다음날 다음날 다음날은
그냥 다음날
자고 일어나니 다음날
쿨하게 잊으라는 말보다
겨울에 핀 장미는 더 독하고
겨울에 내리는 비는 더 쓸쓸해
커튼을 내리면 가까운 미래는
우리가 숨어든 무스비 무스비
질척거리는 애인을 영원히 남겨 두고
그래 다음날 다음날에 꺼내 주자
밤이 길어지는 건 딱 질색
네바다 불의 계곡으로 떠나자
보이는 건 가질 수 없으니까
가장 징그러운 건 마음이라는 장기
꺼내서 보여 줄 수 없는 다음날
다음날은 해가 뜨고 비가 올 수도 있어
당신은 키스랑 헤어질 겁니까?

사랑할수록 주저앉는
다음날은 그냥 다음날
너는 대체 어떤 인간이니

* 너른 들판에 숨어 있는 물을 뜻함.

이치(理齒)

팬이 돌고 있다 안에서도 밖에서도

한철 시달린 꿈들이
바닥에 얼음을 쏟았고
눈썹을 그리려던 펜슬은
굴러가 박살이 나 버린
오늘인데 글피의 글피를 걱정하다
아슬했던 치아가 떨어져 나갔다

채워도 채워도 하나가 달아나 버리는 불안은
눈을 감고 마음을 봐야 하는 수건돌리기처럼 술래를
알 수 없다

살려고 발버둥 치는 세렝게티를 보며
두 다리보다 두 눈을 어디에 감춰야 할지
하마처럼 입을 크게 벌려 보세요
최대한 크고 날카로운 이빨을 가진다면

내가 나를 다 지나간 후에
별이 빛나는 걸 걱정할까
내가 너를 다 지나간다면
발치한 슬픔이
개코원숭이처럼 돌아오지 않을까

주저앉아 버린 마음이 잇몸에서 흘러내려
아무리 방수를 해도 물이 새는 지붕
팬이 돌고 있다 안에서도 밖에서도

곧 학이 몰려온다는 일기예보다

2부

서서 울어야 할 때가
온다면

우리도 소풍일까

김밥을 먹고 일어나 당신은 호수 뒤편으로 갑니다 저
수지일 거라고 중얼거립니다 버들강아지가 솜털을 내밀
고 수련이 머문 흔적은 어제를 잃어버린 표정입니다 앉
았다 떠난 자리에 구름이 몰려옵니다 강은 여기가 아니
니 흘러내릴 그림자가 없습니다 발목만 남은 억새들 기
억은 바람처럼 멀어집니다 혼자 시집을 펼칩니다 새가
쪼아 먹다 남긴 햇살이 글자 위로 툭 떨어집니다 알 수
없는 시가 태어납니다 언제부터 우린 읽지 않고 펼쳐 두
기만 하는 페이지가 되었을까요 주저앉은 구름을 발 끝
으로 툭 치자 곁에 있던 사람주나무가 갈갈갈 웃고 오목
눈이가 졸던 눈을 떨어뜨립니다 바람이 소풍의 가장자리
로 몰려옵니다 호수도 강도 저수지도 아닌 물은 가장 쓸
쓸한 얼굴로 흘러갑니다 우리도 소풍일까 누군가 물 위
로 툭 떨어뜨린 발자국

백만 년 지나 습지 끝에서 지금을 보고 있을 당신의
소풍을 생각합니다

우리 작약할래요?

대낮 길거리에서 약을 팔아요 빽이 통하지 않는 길고 긴 줄, 들어갈 수도 나올 수도 없는 문, 피서지도 아닌데 돗자리를 깔고, 지루함도 견디게 만드는 저 합법적 손길은, 기다리실래요?

작약김밥작약토스트작약옥수수작약호떡작약떡볶이작약차돌박이작약문어작약순대작약짬뽕작약핫도그작약치약까지작약이라쓰고작정이라읽는다

우린 서로에게 상처 주기 위해 태어난 사주 라일락을 사려다 작약을 사는 저녁 잎은 시들고 금방 썩어 버리는 얼굴인 줄도 모르고

호기심을 참을 수 없어요 끝을 모르는 달콤한 글리코겐 혓바닥으로 쏟아지는 감칠맛 밤이면 버스에는 우르르 등 푸른 고등어들이 올라타고 봄에는 둘째가 태어난대요 그러니까 호기심이 사라지면 혀끝도 쓸쓸해질까요

아빠는 매일매일 약을 먹어요 머리만 대면 잠에 빠진다는 마약 베개를 베고 잠에 저당 잡힌 무덤까지 얼마나 더 자야 갈 수 있냐고 성화예요 베트남 참전 용사로 얻은 것은 류머티즘성 관절염 앓는 것이 저인지 어둠인지 모를 환상통 젖몸살을 앓는 딸을 구하기도 했지요 환갑이 넘어서 총알택시를 타고 날아가 국가유공자가 되었어요 이제 병원도 약도 공짜래요 공짜로 아플 수 있대요

날마다 통증이 사라진다는 우리도 작약 한번 하실래요?

종묘제례악

소문(昭文)은 금(琴)을 탔었고, 사광(師曠)은 지팡이를 짚고 음악을 들었으며, 혜자(惠慈)는 오동나무 안석에 기대어 앉아 담론을 하였다. —『장자』 내편 제2편 제물론 12에서

거대한 악기 앞에서 너는
반쯤 울음을 터뜨렸지
음악이 너무 지루해요
인생의 절반은 지리멸렬하단다

어떤 귀가 죽음을 연주하나요?

바람이 불면 잎은 더 먼 쪽을 쳐다보지
햇살을 튕기며 걸어오는 저 지팡이 걸음은
내 무덤을 산책하는 나를 보는 것처럼

금(琴)은 오동나무와 밤나무 판에 일곱 줄을 걸어 만
든 악기

슬(瑟)은 길이 일곱 자 너비 여덟 치를 가진 가장 큰
현악기
　구름 위로 두 마리 학이 날고
　무덤 속에서 혼자 슬(瑟)을 뜯는다

　소문은 금을 타고 넘어 달빛 오동나무에 걸리고
　사광은 지팡이로 달빛을 끌어내려 어둠을 보게 하고
　혜자는 오동나무에 걸린 소문으로 금(琴)을 뜯고

　지리하고 멸렬한 전생을 반복하며
　저물 줄 모르고 튕겨 나가는 달빛

　간절한 것들을 저 길 위에 버리고 또 주워 담으며

아보카도는 기다리지 않는다

삼십 년을 기다렸는데 엄마는 오지 않았다 계모가 아니라는 비보 위로하고 위로받는 동안의 종교는 세라 크루* 손등으로 손을 긁을 수 없어 주먹이 자랐다

사라진 희망은 무엇으로 환생할까
혼자 있을 때 소스라치듯 앓는 소리를 내는
추억은 기억의 왜곡으로
익어 가는 순간 곪아 가는 줄 모르고

슬픔은 자라서 못 드는 주먹이 될까

밤에만 코를 푸는 구름이 있다고 치자 한 손으로 말랑한 속살을 오려 내면 전 세계적으로 비가 쏟아지고 음악은 영장류처럼 어기적어기적 걸어오고 나의 고향은 데킬라 청록의 열매들로 가득한 곳 구애의 시작은 오르지 못할 마음을 사막으로 추방할 것 더 고소하게 창문을 깰 것 물기 없는 걸쭉한 소스가 완성되면 지붕 위 다락으로 올라가 심장보다 높게 발을 올리고 있을 것

노른자처럼 퍽퍽한 밤을 자르면
내 마음 다 안다고 해놓고 분리수거 하러 가는
검은 눈물이 검은 봉지처럼 흔들린다

우리의 의지대로 별을 내려놓았으니**
절대로 엄마를 기다리지 마

* 동화 『소공녀』의 주인공 이름.
** 에즈라 파운드.

폴터가이스트*

새벽의 암호는
방금 벽이 도착했습니다

날개를 기다리는 의자들
골무에 끼워 둔 머리를 꺼내자
발가락을 사고 싶어요 손가락을

그래서 데려갔어요 모래는
우리의 암호를 감쪽같이 먹어 치웠어요

앵두라는 이름으로 걸어올 수는 없어요
저수지에 입술이 떠오르면 개들이 몰려오고
날아요 물수리들 앵두라는 이름으로
근친의 힘은 비참한 죽음에 있다고
내가 말했나요?

기지개를 켰을 뿐인데 얼굴이 무너졌다면
네 다리로 달아날 수 있나요

직립이 직립을 보호할 수 없다면
우리의 마지막 진술은 의자를 버려야 한다는

방금 두 번째 벽이 도착했습니다

그러니 우리 함께 날아요 뭉개진 무화과를 졸이는 중
이거든요

* 소란스러운 현상을 일으키는 정령.

2월 29일

커피 대신 우유를 마신다
맥주 대신 딸기 주스를 마신다
아침엔 좁은 골목으로 소방차가 다녀갔다
무방비로 이산화탄소를 들이켠다

어둠이 막 손을 내밀 때
나는 한 아이의 손을 잡고 있었다

잊으신 물건이 없는지 확인해 주세요
덥석 잡은 손이 버스 손잡이 고리였을 때
봉숭아물 한 번 들이지 못한 손톱이
폐부를 찌른다

영원히 내 것이 되어 본 적 없는
아이는
넘기지 못하는 달력을 껴안은 채
거울에 갇혀 버린 클리셰

하마터면
따뜻한 노을 한 잔 주세요 할 뻔했지만
사람보다 더 쓸쓸한 등을 가진 저녁
그는 주차할 곳이 없다며 돌아가 버렸다

매 순간 저장되었다 풀리는
이 빛은 영원히 탕진할 수 없다 그러니
오늘 나는 무조건 살아야 하는 날씨다

물 밖에서 가정하다

한나절 물속을 들여다보고 있으면
물의 여자가 되기 쉽다

오래 주물럭거린 물살은 어느새
나와 닮은 얼굴로 쳐다보고
구름은 지나가는 배경으로 거들 뿐

악다구니와 공포와 알 수 없는 신음들이
녹이 슬어 무기력해진 얼굴로
앙금처럼 깊게 가라앉았다

찰나에 흰 새 한 마리 물 밖으로 날아간다

골목마다 검은 풍경들이 조각조각 나눠진다
그림자가 퍼즐을 맞추기 시작하자
보이지 않던 나무가 시커먼 발바닥을 드러내고
방풍나물처럼 갈라진 입에서
들을 수 없는 물의 언어가 쏟아진다

파문이 인다
물의 여자가 물 밖으로 걸어 나온다

흰 절벽 끝에 한 발로 서 있는

말하지 말고 꽃 할걸

달을 네 조각으로 자르고
술잔에 별을 띄워 마셨는데
입술엔 쇳가루가 묻어 있다

살면서
가장 큰 후회는 말하지 말걸
뼈를 으스러뜨리는 입들이
돌아누울 때마다 외풍으로 불어와
잠이 얼어붙는다

울음의 바깥은 모두 신생아
알 수 없는 발화 지점에 놓인 꽃술처럼

얼마나 오래 문장을 바쳐
사람의 길을 내었을까
말하지 않아도 습관처럼 고개가 꺾이고

우리는 서로의 구석부터 천천히 갉아먹는 벌레

모서리가 다 지워져
탁자 아래로 '쿵' 하고 떨어질 때까지

혀를 내밀어 나를 음미해 보지만
얼마나 오래 길들여진 말의 미각일까
썩지도 않고 버릴 수도 없는

다시 만나지 말고
말하지 말고 그냥 꽃 할걸

서서 울어야 할 때가 온다면

아침은 예-스 노우를 할 줄 모른다
느닷없이 쏟아진 빗소리에
방아쇠를 당긴 쪽도 화살이 날아가 박힌 자리도
눈물을 어디에 둘지 몰라 창문은 한껏 부풀어 오른 채

들켜도 부끄럽지 않은 화살나무의 수정(水晶)과
아무튼
창을 내고 들어앉아 그림자만 밟았을 봄볕은

내내 기울어 바닥을 소진한다

지금 여기의 오후를 읽다가
나무에 구멍을 내고 들어앉은 오색딱따구리
내가 모르는 끝을 쪼아 대는지
입이 간지러운 나무들
햇빛을 보고도 깨어나지 않는 잎눈처럼

마른 눈물은 양수 없이 출산할 때처럼 아프다˚

한 뿌리에서 나왔지만 평생 등 돌린 자리
사랑이라고 말하는 사람들에게
나무처럼 서서 울어야 할 때가 온다면

<hr />

* 라우라 에스키벨, 『달콤쌉싸름한 초콜릿』에 나오는 말.

오늘의 운석

오늘 날씨는 사탕처럼 천천히 달콤해서
흰 꽃잎이 떨어질 때쯤
나는 네가 한 말을 듣고 있었지

아주 멀리 기운
어깨는 울면서 기타를 버렸고
모래는 시계 속으로 눈물 한 방울까지 쏟아부었고
그래서 기적적으로 깨어난 오늘

구운 달걀도 먹을 수 있는 오늘
얼음 골짜기에 산다는 떠돌이별들도
꾀꼬리의 소리를 듣는답니다
달이 하나뿐이라는 믿음을 버리면
영원히 길들여지지 않는
행성의 이름은 오늘이랍니다

검은 망토의 표정을 뒤집어쓰고
두 팔목엔 새살이 돋지 않는 화상 자국

한쪽 눈을 감으면 등을 돌리는 바깥
마음의 눈까지 덮어 버리는 그런
그런 곳에 살고 있었을

너는 가장 멀리서
나를 살게 하는 101가지 방법 중에
101번째 오늘

그러므로 블라인드

여긴 한밤중이라고 외쳤지만
너무 환해서 줄넘기 백 번
사슴의 긴 다리는 사자를 놀리기도 하니까

이건 여름이야 중얼거리면
하루에 몇 번씩 쏟아지는 구름
나는 말라 가고 너는 물미역처럼 새파랗고
그래요 라면은 없어요 스프만 끓어요

나를 안 본다면서 주름은 왜 훔쳐보는
나는 나랑 얘기하는데 너는 누구랑 얘기해?

물에서 죽으면 물고기가 되고
숲에서 죽으면 새가 되고
나무가 죽으면 꽃이 되고
개가 죽으면 사람으로 환생하기도 하지만
사람이 죽으면 사람으로 태어나선 안 된다
살아온 날이 기적이라면

뺑소니치고 달아난 죽음도
무대 뒤 출입 금지 커튼도
보이지도 않는데 보라는 건 뭡니까

너는 왜 어두운 곳을 좋아하냐고 물었다
사랑은 어두운 곳에서 하는 거라고……
나이가 좀 많네요 사랑하기엔

체리의 종점은 어디인가

내 손톱에 내가 찔린 날엔 체리도 웃는다

잡티 하나 없는 게 사람이니?
언제부터 체리를 좋아했다고?
무슨 생각을 그렇게 많이 해?

흠집 하나 없는 매끄러운 살결 영원히 살아 있다고 믿
는 윤기 너를 좋아하면 잠이 온다는데 침이 자꾸 흘러
내려 점점 검은빛으로 미끄러지는 얼굴 희미해질 때까지
사라질 때까지 너를 놓지 못하는 흑점이 내게 달라붙어
잠을 놓치는 것처럼

워싱턴산인가요 캘리포니아산인가요 체리는 절대로 물
지 않아요 짖지도 않아요 집에서 키우시나요

아, 오늘이 그날인가요 마법처럼 신경이 날카로워지는
날 어제 날이 갰다면 오늘은 분명 얼굴을 물어뜯고 얼룩
말처럼 뒷다리로 차 버릴지도 몰라요 벌써 종점이라구요

기다리지 않아도 오고 끝인 줄 알지만 내리고 싶지 않은
곳 그런데 체리가 다 무슨 소용이죠

  체리나무가 죽어도 꼬리를 흔드는 체리가 죽은 것처럼
아플까

  별이 버리고 간 지상의 눈꺼풀만
  밤의 창문 곁을 맴도는데

마가리타*

침묵할수록 영양의 뿔은
달아난다
사바나엔 하늘색 고환을 가진
원숭이가 살고 있다
커다란 귀로 이를 닦는
코끼리 마을에 당도한다
적도의 모래바람이 물웅덩이를 지나
바오밥나무를 타고 오른다
찬란한 크리스털 유리잔
어때, 가 탄생한다

악어는 서로를 껴안는 방법을 몰라
성별을 알 수 없는 알을 낳는다
바다에 닿을수록 살아남을수록
운명이 결정된다

네 입술에 핑크 소금을 바르면
상처 많은 라임이 따끔거리긴 하겠지만

천국의 열쇠를 가진 사바나
깨물기 전에 깨물어 버리는

바다는 어떤 색으로 어린 것들을 유혹할까
서로를 부정하는 방식으로 사랑을 키워 온
악어를 위해 기꺼이 한 잔

크리스털 유리잔에 담긴 어때, 는
기꺼이 죽음을 마신다

* 테킬라, 화이트 큐라소를 주재료로 하는 칵테일.

세모의 세계

새 발자국 문자로 매듭을 묶어 너를 기억하던 때

세모는 네모도 동그라미도 가둘 수 있다
모래가 오래가 되고 붙잡으려고 하지 마
믿음은 시소처럼 한쪽으로 기울겠지
바람은 벼랑으로 내몰릴수록 목소리를 더듬고
못에 걸린 옷을 입고도 찔리지 않은 얼굴로
하이힐은 그럼에도 신는 것

세모는 여전히 억울하다 울음을 터뜨려도 뾰족한 수
가 없다 점점 높은 곳으로 올라가 저기 산 위에 봄이라
고 쓰여 있는데 노란 발톱을 내밀어 봐 문턱은 넘어가려
는 사람들에게만 높아 우리 얼마 만이죠를 우리 얼마인
가요로 들어 버리자 가격을 매긴 부위들이 정상에 진열
되어 있다 얼마면 텅 빈 마음을 살 수 있나요 삼십 초가
얼마나 긴 오싹함인지 깍두기를 먹다가 헤어진다면

착하다는 말이 심장 기슭에 내걸리는 순간

나는 왜 보고 싶은 사람이 없을까
마름모꼴로 납작 길어지는 피뢰침처럼

꼭짓점엔 누가 오르는 걸까
허공의 빙벽에 갇힌
우주보다 더 먼 곳에서 나를 기다리는 한 사람
기어코

밤은 오늘로 백야에 접어들 수도 있다

올라갈까요 찌르르

깎아지른 비탈에 서 있는
저 손을 잡아 평지로 끌어 올려 주고 싶다
통증으로 무뎌진 가지마다 햇빛이 찌르르
잠든 사이 여기가 터널처럼 지나가 버리고

세상에 없는 사람을 지나칠 때면
흙의 표정을 읽게 된다 소멸하지 않는 찌르르처럼
어디쯤엔가 뻗은 발등을 밟는 것 같아서

때죽나무오색딱따구리새끼노루귀복수초비자나무산담
굼부리돌탑졸참나무참나무죽은비둘기옆마른덤불은 죽
음까지 친절한 찌르르찌르르

수직 동굴에 돌멩이를 던지자
소리 없는 죽음은 바닥보다 깊고 단단해서
기어이 절망을 돌아보게 만든 금기의 찌 찌르르

가장 힘든 순간 무너지지 않으려고 숨을 참는

찌르르 찌르르 종일 말뚝에 매여 있는
왕이메오름*은 오름에서 달아나려 용을 쓴다

내 마음의 몬순을 지나

흑꼬리도요가 남쪽으로 날아가기 전
행복은 그곳에 있다고 했어요
꿈에서조차 날아온 적 없는 새들의 천국
속세에서는 전설 아래 묻힌 해묵은 나무처럼
수만 수천 번의 전생을 거쳐야 다다를 수 있는 나라

비가 그렇게 많이 오는데 행복할 수 있어요? 소주를
앞에 놓고도 흑꼬리도요는 떠나고 찌르 찌르르 그렇게
또 첫눈이 내리고 오래 아프던 사람이 떠나고 사랑은 떠
나야 다시 오는 버스랬지 숲에서 죽은 얼굴은 어떻게 묻
어야 할까 버려진 거울은 귀신같이 사람을 알아보는데
오래전 죽은 이름들이 어제 들은 비보처럼 서러워지는
꿈, 속세처럼

서른세 개 서른세 번의 우기에서 시작된
모든 세계가 하나로 합쳐질 때 잘라 낸 소리는
리라의 연주처럼 부드럽게 심장에 꽂힌다
내 마음이 몬순을 지나 건기에 이를 때

어떻게 한 사람만을 사랑할 수 있나요?
가슴 밑바닥에서 오래오래 뒤척였을,
하심(下心) 하심(下心) 신의 오른팔을 부르는

몇 번의 풍장을 치러야 몸은 인연을 버릴 수 있을까요

3부

가장 어렵게 읽히는
기억을 삽니다

해골 해안

사막의 별은 유골의 표정을 베껴
어디선가 본 듯한 얼굴을 내민다

예언을 동반한 통증으로
어떤 세포는 말없이 사라지고
부러진 팔과 절뚝거리는 다리로
심장이 고장 나 그르렁거려도
아침이면 아무 일 없었다는 듯 가라앉은
모래의 부기

마음으로부터 멀어진 사람도
고향으로부터 추방당한 사자도
멸종 위기에 처한 연애마저도

반가사유하며 끌어안는 모래 산
희망을 꺼안을수록
두 다리는 지워진다 아무도
실종을 묻지 않는 경지에 도달했으므로

끓는점을 넘기면 호흡은 生을 넘어
사막의 표정을 갖는다
우리는 난파된 우주의 피조물들
내일이 부풀어 오를 때마다
저물어 본 적 없는 얼굴은
모래로 기억을 덮어 버린다

내일도
가장 어렵게 읽히는 난파된 기억을 삽니다

눈많은그늘나비

아직 밤이 긴 바다를 건너고 있어
시작을 위한 끝과 끝을 위한 시작으로
검은 세계의 반을 접어 너에게 줄 수 있다면
눈물의 강 위를 지나서 인간은 침묵 속으로
되돌아가는 것*처럼
비 오는 날 까마귀들이 제 식구의 몸을
허겁지겁 파먹고 있었지
다시 까마귀로 태어나지 않길 비는 풍장이라면
침묵은 날개를 접고 바다의 긴 목덜미를 날겠지
여기 구름과 저기 구름의 다른 이야기
내가 울고 있을 때 네 표정은 웃고 있었을까
먼 곳에서 아직 오고 있다는 날갯짓
그늘은 언제나 제 몸을 구부려 발목만
내려다보고 있을 뿐

---

* "눈물의 강 위를 지나서 인간은 침묵 속으로 되돌아가는 것"(막스 피카르트,
『침묵의 세계』 중에서).

먼물깍*으로 걷는 나무

모르는 등을 바라보며 알 것 같은
발등을 밟으며 걷는다
목이 꺾인 채로 혀를 빼고 심장을 물어 가 줄
고양이를 기다리는 동안
죽은 팔을 이마에 얹은 동백의 파리한 눈빛

쉽게 바뀌지 않는다는 사람을
쉽게 버리지 못하고
계절이 바뀌면 한풀 꺾여 버릴 맹세지만
꼭 하고 싶었던 말은 너무 멀리
꺾인 가지 위를 날아서

멀리 먼물깍에 닿아 소금쟁이의 알만 슬어 놓는다

초록이 저물도록 울어도 당신은 오지 않겠지
울음은 더 많은 고양이를 데려오겠지만
저 너머 습지라는 이유로
나무만 바라보다 나무가 되어 버린 꿈을

우연이라 부를 수 있을까

알 것 같은 사람의 등 뒤의 얼굴을 가진 나무가

오지 않는, 않을 이파리를 세다가
동백은 얼마나 고집이 센지
먼물깍까지 긴 팔을 뻗는다

* 마을에서 멀리 떨어진 물을 일컫는 습지.

싱글몰트°로 가는 길

적막을 견디기 위해 더 고요해지는
너는 표정 없는 엑스레이
떨어진 가랑잎의 수다는
가시와 뼈만 남긴 채

밀 대신 보리를 갈았지

오래전 오해를 묵음으로 남겨 놓고
공장 굴뚝과 녹색 지붕을 지나 녹슨 대문까지
굳게 닫아 버린 빗줄기,
독하게 빚은 향은 절반만 남겨 둔 채

밀 대신 보리를 갈았지

지상에 물고기들만 살던 시절
나뭇가지마다 비늘이 자라고
물속을 들여다보면 나무가 헤엄쳐

네가 떠나고 철 지난 욕망이
주머니에서 무럭무럭 썩어 갈 때

보리 대신 밀을 갈았지

* 싱글몰트 위스키(Single Malt Whisky).

외출

만개한 벗나무를 보면
꽃은 다음 生도 꽃이라는 걸 알까
분홍이 분홍으로 태어나 분홍으로
지루한 얼굴을 잊은 봄은
다시 지루한 얼굴을 내밀고

너무 멀어서 무거운 나는 종종 고개를 한껏 젖히고 꽃
핀 나무를 올려다봐 개구리가 슬어 놓은 올챙이들이 웅
성웅성 입을 벌리고 있어 곧 네 머리에 떨어질 것처럼

올챙이 구경을 나온 꽃들 좀 봐 플래시를 터뜨리면 저
장된 얼굴은 추억일까 저주가 될까 손바닥을 손바닥에
포개는 동안 구름은 쓸모를 생각하고 웬 비가 이렇게?
달은 기적적으로 휴가를 떠나고 뒤꿈치가 까였어 꿈속인
줄도 모르고 까맣게 타 버린 사진

언제부터 거기 있었는지 누가 준 선물인지
가장 먼저 버려지거나 가장 나중에 버려질

장식품이 새벽을 만지는 동안

더 많은 사람을 잃어야 한다
더 많은 꽃을 버려야 한다

벚꽃 핀 길에서 영원히 돌아오지 않을 처음처럼

매일매일의 숲

숲에서 빗소리를 들으면
누군가의 생을 대신 살고 있는 기분이 든다

삼백예순 개의 계단을 다시
내려가야 하는 날도 있는 것처럼
생의 가장자리만을 골라 후드득 떨어지는
불운의 물방울들

서로의 음악은 숲을 듣지 않아서
돌부리에 걸려 넘어지기 일쑤
빛바랜 쪽이 가장 먼저 지운 귀

나뭇가지에 속고 지렁이에 움찔거리며
미물에서 느끼는 공포야말로
가장 확실한 숲의 정령
안녕하세요 안녕하-
낯선 인사에 길들지 않는 고개처럼

생의 절정이 흰꽃이라면
초록은 대신 죽어도 좋을 이름

오후에 그친다는 비는 저녁 내내 긴
설거지를 멈추지 않는다

시다모 내추럴

오래된 혀가 물기를 버렸을 때
뱀은 왜 구부러진 길에서 발목을 물까

드릴 지나간 자리에 저녁 새소리가 얹히고
소음을 소음으로 덮어 버린 백색

무심천 벚꽃 길은 걸어 보나 마나
죄다 환해서 혼자는 오지 않는 백야

비 지날 때마다 새순처럼 돋아 오는 사람도
꽃길만 걷게 해 준다던 그 뻔한 거짓말도
다리 하나만 건너면 잊히는 계절

사람이 사람에게로 스며
人이 박혀 버린 시간은
추출할 수 없는 검정의 감정으로
라임과 청포도 향에 감춰진

종일 귓속은 어디까지 이명(耳鳴)일까.

고양이와 튤립

단호한 태양도
식을 줄 아는 의지가 있는 것처럼
늦인 줄 모르고 짚은 어깨
심장이 풍선처럼 둥둥 떠다녔다
물구나무서기를 하면
우리에게 남아 있는 교집합은
겨울일까 봄일까

눈빛만으로도 상처가 되는 춘분을 지나면
어디다 울음을 흘렸을까
문득 캄캄해도 만져지는 스위치처럼
너는 왜 거기 서 있는 걸까?

보기만 할게
가만히 얼굴을 들여다보면 어디서 왔을까
튜우울~립 곁에서 얼마나 좋을까 얼마나 황홀할까
너를 죽이고 내가 살아야 한다면
풍등을 날리는 심장은 다음 생에 도착했을까

누가 내 꼬리에 스위치를 달았나
환했다 쓸쓸해지는

한밤의 튤립은 죽기에 적당하지

너는 팥배나무 위에
종다리를 앉혀 놓고

나를 불렀다

혀끝에 인공 감미료를 잔뜩 묻힌 전단지가 공원 가득
뿌려졌다

사슴은 왜 그토록 캐비닛을 달리고 싶어 하는지 열어
둔 문서들이 냄새를 들고 달아나고 있어

뛰어내릴 거야 바다로

떡잎 같은 얘기 말고 부러진 손목에서 싹이 나고 이파
리가 자라

거대한 흑등고래를 타고 달리는 이야기

입술이 먼저 와 있는 돌멩이

주워 봐 목백일홍을 심는 사람에게 마지막 손목을 꺾
어 줄 수도 있어

사랑은 이미 지나간 것 지나가는 것

공원 가득 자위하며 부풀어 오르는 공기 공기들

구름으로 뭉쳐지지 않아 사슴이 되었다는 낭설이 있어
팥배나무 이파리마다 소문이 자라고
돌멩이는 고요를 핑계로 휘파람을 불 거야

내 영혼을 베끼려는 사람들이 오늘도 줄을 서고 있어

로라˚의 바깥

세 시간을 걸어 어떤 방에 도착했다
사람들은 여유를 즐기며 웃고 있었고
파티의 용도는 오늘만 살기
입구도 출구도 찾지 못한 채

몸에서 단추가 하나씩 떨어져 나갔다
분홍분홍 초록초록 빠강빠강 검징검징

사막에서 태어난 운명은 사막을 버릴까
고집은 독기로 채워진 울음 주머니라서
모서리를 툭 치기만 해도 쏟아진다

파티의 출구는 오늘만 사는 사람에게 열려 있다

건드리는 순간 죽어 버리겠다는 착한 얼굴
연약함을 급소로 사용하는 로라!
그 방에선 떨어진 단춧구멍 같은 웃음이 흘렀다

분홍분홍 초록초록 빠강빠강 검징검징

오늘만 살기로 작정한 바깥은
사막을 데려온 로라

＊ 다육 식물의 한 종류.

밤의 해변에서

아무도 모를 거라고 바다는 슬쩍
검은 개 한 마리 해변에 풀어놓았지
죽기엔 너무 아름다운 검고 검은
일곱 개의 밤에 일곱 가지의 사라지는 법을
모래 위에 쓴다,
밀물은 은밀한 부위부터 채워지는 걸까
하이파이브는 자주 빗나갔지만
너 없이 살아 보겠다며
파도가 모래의 등을 자꾸 떠민다

그새 해변엔 무늬만 얼룩말들이 겁 없이 모여들고

모래는 모래를 좋아해 신발 속 귓속 몸속 거기까지 속
속들이 끔찍을 뒤흔들 만큼 깜찍하게 지칠 때까지 잊힐
때까지 쏟아지고도 모자라 검은 개를 끌고 와 버릇처럼
오줌을 누이고 사랑이 이렇게 숨 막히게 지겨울까

잠깐, 잠깐만,

삼켜 버린 얼룩말은 어디에 무늬를 뱉어 놓은 걸까

죽은 건 개였어*
검은 모래를 걸을 때마다 어디선가 컹, 컹
얼룩이 묻어 있지

* 『인생의 베일』에서 찰스 월터가 죽으면서 한 말.

공중의 예언

어디까지가 손끝이냐고 묻는 질문으로 비밀은 지켜질
수도 있다

달에서 만나고 달에서 헤어지는 뻔한 연애는
우리가 걸어간 저 흰빛 속 거짓말을
처음부터 믿었다
거짓말은 거짓말이니까

뭘 줄 수 있나요?
더 이상 먼저 뜨는 달을 보여 주지 말아요
지루한 골목을 헤매는 고양이처럼

신은 내 영혼을 장식물이 되도록 만들었다* 손길이 닿
지 않는 쪽으로 먼지는 쌓여 가고

나를 모르는 사람에게 보라를 설명하기까지
가까이 뜨거나 멀리 뜨거나 어장은
집어등의 불빛으로 물고기를 낚아 올리겠지만

완벽한 동그라미 하나를 그리려고
그 많은 거짓말을 쏟아부었다
숨구멍을 열어 두라는 형이상학을 가둔 채
오로지 손끝으로 원을 그리려 했다 그러나

아주 먼 곳에 있는
달은 손끝만 비출 뿐 손금은 읽지 못했다

* "신은 내 영혼을 장식물이 되도록 만들었다"(페르난두 페소아).

탕탕이와 크로노스

진흙을 건져 올리면 깊고 깊은
인연과 악연이 살고 있지
삘-쭘하게도
발이 손이 되고 손이 발이 되도록
놓쳐 버린 문장은 꿈결에만 살지만
어둠 속에서만 찾을 수 있는 너를
끌어 올리느라 지구도 안간힘을 쓴다

봐라,
뼈 없는 말들만 달라붙어
알몸으로 버티는 질문들
뒷다리를 긁고 싶어도
앞다리가 밀려 나가
목적과 방향은 잃어버릴수록 심오한
혓바닥을 가지지

모든 이별은 알 수 없는 우연으로 오는 것처럼

한여름 쓰러진 소도 일으킨다는 내장은
누가 먹었을까 그러거나 말거나
지구는 돌고 참기름에 혓바닥도 돌고
씹다가 씹다가 순간을 삼키면
과거도 현재도
미래에서 건져 올린 진흙탕

너는 낙지 할래?
나는 캄캄한 뻘이 될게
인연인지 악연인지 거참, 고소한

치즈는 왜 숲에서 발견되었을까

감은 눈을 언제 떠야 하나

흰 거품의 악취가 다 빠져나갈 때까지
지루해도 나갈 수 없는 방
소금기 가득 품은 상처가 한동안 위로가 될 때

불안하면 믿고 싶어지는 피
뱀처럼 웃을 수 있다고
죽음이 눈앞에 얼굴을 내밀어도
쓰러지지 않는 숲으로 숲으로
허파와 쓸개를 질리도록 뱉어 내는
여름은 나무가 꾸는 꿈

기억보다 한발 늦게 도착한 정류장
넝쿨은 구름보다 높을 수 없고
눈빛을 주고받은 흔적 들켰지만
하루아침에 표정을 지워 버린 하늘

너를 데려와 내 앞에 앉히면
영원히 나갈 수 없는 방이 생긴다
꽃잎을 바깥이라고 부른 적 없지만
부패하는 발아래 익어 가는

숲은 사람을 버린다

봄은 짐승처럼 저녁으로 피어

스물세 살 먹은 우리 집 빌라 앞
백 살쯤 먹은 벚나무 가로수가 배경으로 서 있다
처음 이사 오던 날
이 거리엔 두 집 걸러 파마를 마는 미용실과
사거리 모퉁이엔 다리를 저는 약사가 있었다
손님이 없어도 미용실 불빛은 늦도록 환했고
밤에 약을 사러 가면 친절하게 닫혀 있었다
숨겨 둔 애인처럼 벚꽃은 저녁에 몰래 피어서
자고 일어나면 분홍에 감염된 짐승들이
세상에 없는 말들을 공중으로 퍼뜨렸다
꽃보다 더 꽃 같은 얼굴들이 거리로 쏟아지면
길 잃은 양 떼들로 포개어진 홍야(紅夜)가 생기고
살기 위해 뛰어내리는 창문처럼 먼지처럼
길바닥엔 이름 없는 시체들이 누워 있다
마취가 풀리지 않는 삼월의 입술
몸 밖으로 달뜬 기침을 쏟아 내며
천사들은 구석에서 담배를 피우고 술을 마신다
맞장구를 쳤던 손바닥이 옹이처럼 굳어 갈 때

벚나무는 창궐한 한때의 전염병처럼
금방 어두워지는 저녁의 얼굴이어서
봄 지나 하나 둘 가게 문을 닫았다

라일락으로 가자

햇빛이 팔목을 그었다
사계절 내내 긴 옷을 입었지만
틈은 어디서든 기회를 노린다

꽃을 가지려면 흙을 엎질러야 해
너의 전부를 내주기는 싫다는 소리지
꽃 속이 절망인 줄 모르고 덤비는 나비에게
종이로 오린 기분을 날려 주자

내 발아래 쓰르라미 영혼이 울다 가고
새들은 조잘거리다 부리만 떨어뜨리고
흐린 날은 라일락도 사람도 흐리다
햇빛은 어디서든 거짓말을 노리고

엎질러진 꽃으로
파종은 비가 내린 다음 날에 하는 걸로

4부

천년이 지나도
한눈에 너를 알아보겠다

서로의 미륵을 부르다

표정에서 길은 지워진다
바람이 탯줄을 자른 곳
바다로 미끄러지는 태양은
배고픈 다리를 지나
입 하나 떼어 주고 돌아선 길

서자복이 아, 쓸쓸해하면
동자복*은 넉넉한 이마로 성큼성큼
난바다 서쪽을 건넌다

원망의 살점을 다 발라내면 화석이 될까

팽팽한 줄다리기로 남은 수평선
아득은 작은 실밥들이 모인 지점이라서
서로의 눈빛으로 단단하게 굳어 버린 다리
너는 동쪽으로 나는 서쪽으로 질문도 없이

오늘만 살기로 한 시한부처럼

천년이 지나도 한눈에 너를 알아보겠다

* 동자복 서자복: 사람의 행복과 수명을 관장하는 신으로 숭배했던 복신미륵으로 제주성내에 한 쌍이 있다. 제주성의 서쪽을 수호하고 있는 서자복과 동쪽을 관장하는 동자복이 있다.

나의 애완동물

잘린 꼬리들 물속에서 꿈틀거린다
몇 번의 교회 종이 울리고
불에 덴 살갗이 벗겨지고 나면
연약한 문장은 분홍빛이 돈다
꽃이 아니라면 가질 수 없는 환생

허물어지는 얼굴을 생각하면 기분은
갈라파고스형 유전자
야자수의 그늘은 어디까지 악수가 가능할까
나를 버린 내가 모르는 얼굴을 갖기까지

문 뒤에 기댄 감정이 너의 바다
450만 년 동안 고여 있던 세계에서 탈출한
분홍 이구아나,

그러나 너의 옥상은 좀처럼 가질 수 없다

우도에는 저녁이 산다

무너질수록 아름다운
절반의 콧등과 이마만을 끌어안은
톨칸이*

소금 바람이 불면 와르르 몰려오는 개 떼들
개헤엄 치며 달아나는 연인들

사랑이 뭐냐고 물으면
우연을 필연으로 바꾸는 흰 모래밭
영희와 철수는 밀당의 필경사
모래는 밤마다 오늘의 주저흔을 지운다

배가 끊긴 후에야
땅콩처럼 작고 소붓해지는 마을
길가에 널린 우뭇가사리를 지나
매일매일 바다로 출근하는 저녁

여기가 고향이냐고 뼈를 묻는 질문은

불콰해지는 구름으로 남겨 두었다

* 우도 해안가 절벽으로 돌칸이라고도 불리며, 여물통(촐칸이)에서 비롯됨.

유효 기간

물방울에 매달린 아버지
공만 남은 아버지
공이 굴러온다
공은 물방울이 아니다
딱딱하고 사무적이고 눈물이 없다
가끔 말랑거리는 한숨이 내비치면
속살은 더 검어지는 흙빛으로 변한다

한사코 매달린 가막살 피라칸다 좀작살
어떤 꿈을 꾸면
매달리지 않고 떨어지는 물방울이 될까
열매는 둥글고 아버지는
가끔씩 긴 잠에서 굴러떨어진다

가지 끝에 아슬한 방울방울들
물방울은 공으로 돌아갈 수 없다
바람이 흔들어도 떨어지지 않는

오늘 죽어도 좋을 노을을 만났으니

아날로그 감정

평생 구두에 꼭 맞는 발을 갖기란
꼬리에 새장을 달고 허공을 나는 새
살기 위해
비우라는 말인가 채우라는 말인가
부풀어 오르는 살들 까이는 이력들
살을 맞대고 살면 어떤 냄새가 내 것이 될까
신기하게도 내 구두에 꼭 맞는 발이야
슬로우 슬로우 퀵퀵 스톱- 스톱-
누워 있던 구두가 서 있는 발을 무시한다
족저근막염이나 무지외반증을 선물하며
살냄새를 다 먹어 치운 휘발성 얼굴로 또박또박
다시 말해 봐 노력은 해 봤어?
어디서 고등어 썩는 냄새 안 나?

아, 어떻게 질문은 이별이 아닐 수 있을까

지루한 구두가 발을 버린다
버려진 발은

사라진 냄새를 따라 어디론가 킁킁 걸어간다

이녁이라는 말

천천히 저물어 가는 말
캄캄하다가도 가슴팍에 꽂히는,
찬 기운 올라오는 흙을 밟으며
노을이 오래 달인 가슴속으로
탈탈거리는 경운기를 타고
부부가 나란히 돌아오는 저녁
'이녁 조롬에 감서.'*
이쪽의 무렵은 얼마나 저쪽으로 나앉아
신념이라는 쓸쓸한 등에 기대었을까
'이녁 이시난 살암주.'**
상처 난 곳도 새살처럼 돌아 오는 말
무뎌진 말끝에 돋아난 잔풀을 뽑으며
'살당 보민 살아진다.'***
그늘도 서로의 종교로 남아
돌담에 오래 머물다 가는 말
'이녁 적시라.'****
당신이라는 말보다 더
당신 안에 머물고 싶은

이녁, 이녁이라는 환한 등

* 당신 뒤에 따라간다.
** 당신이 있으니 살아간다.
*** 살아가다 보면 살아진다.
**** 당신 몫이라.

하논*의 시간

넓은 이마를 가진 사람을 만났다
이마가 좁은 사람은 미끄러지기 좋은

기억은 통조림 같은 것
가라앉은 입술을 꺼내기 전에는
은밀한 둘레를 껴안는 의식을 치를 것
수많은 날들을 만나고 헤어졌지만
쉽게 물러지는 복숭아처럼
여전히 사랑은 경전에서 멀어진
이단

재미라는 환상을 버려야 한다고
누군가는 말했지만
거울은 재미없는 사람을 먼저 데려간다
웃는 나를 본다 울고 싶은데

사라졌던 계절이 이마 한가운데
자운영으로 그렇게 서로에게 몰려 있다

나는 좀 모자라서 발목을 빠뜨린다
입술을 꺼내어 기어이 덫을 놓는

죽어야 끝나는 관계는 어떤 목숨의 종교일까

물기를 훔친 꽃들은
마음이 없는 곳으로만 고개를 꺾는다

깻잎장아찌를 떼어 주거나 머리카락을 떼어 주는
사소함이 이마의 전부를 가릴 만큼

웅덩이에 고인 사랑, 하늘의 낯빛이 맑다
그래, 용서할게

* 제주도 서귀포시 호근동에 위치한 한반도 최대의 마르형 분화구.

몽상, 애월에서

견딘다,
빛으로 오는 것들
어쩌면 내가 모르는 전생이거나

왼쪽 어깨였던가요
너무 오래 사랑한 죄

오후 내내 반짝이는 윤슬이었다가
저녁이 오면 사라지는 꽃들

초승에서 하현으로 넘어가는 동안
바다는 멀미로 기억을 잃고

오래 바라보면 볼수록 너는
내가 아는 얼굴이 아니야
우리 언제 만난 적 있나요?

하루에 70만 번 들썩이고 뒤집어지는

파도가 바다의 운명이라면
어느 가슴에서 뜨고 지는 달이길래
가도 가도 먼 지척일까

잘린 손톱들 모두 애월 바다에 와서
오래오래 뒤척이다

거스러미로 돋아나는,

결혼

반지를 잃어버리기 전 달은,

한 번도 서사를 완성한 적이 없다지요
후일담을 가진 유일한 저 달을 잡으려고,
君不見 君不見*
무릎을 접어야 아침이 온다길래
저녁의 꽃들은 모른 척 서로 고개를 돌립니다
침묵이 우리를 갈라놓고 있다는 걸 알았을 때
고백은 왜 달빛에 취해 반지를 잃어버리는지
달이 뜰 때마다 짖어 대는
개와 달의 상관관계를 돌이켜 보면,
중생대를 거쳐 온 암몬조개처럼
켜켜이 쌓아 올린 뼛속 울음이
어디를 가도 쫓아오는 전생의 후예라지요
君不見 君不見

가끔 저, 저, 하다
새벽이 와도 사라지지 않는

달의 속내가 궁금하기도 합니다

* 이백의 시 「장진주」에 나오는 구절, "그대는 보지 못하는가".

이별 알레르기

몸 위에 사다리를 걸치면 봄이 온다
사다리는 붙잡아야 오를 수 있다

알레르기의 주범은 누런 먼지처럼 공중에 날아다니는
후회·미련·그리움 등의 꽃가루입니다.

한 번 식어 버린 마음이 돌아오기까지
허물어진 새벽은 어디에 기침을 쏟을까
꽃들의 열린 결말은 해피일까 지옥일까

너무 작아서 눈에 잘 띄지 않고, 많이 날릴 때만 눈물
처럼 보입니다.

질릴 때까지 듣고 질릴 때까지 먹고 질릴 때까지 보고
이별을 위해 사랑하는 사람처럼

수목원에서 이나무 그나무 저나무를 보았다
어떤 이름이 나무를 지우는 걸까

부르면 부를수록 나는 내가 아닌
감은 눈을 볕뉘처럼 뜨고 있는

알레르기 원인 물질을 차단하는 것인데 그리움이 실내
에 들어오지 않도록 방문이나 창문을 잘 닫고 외출은 되
도록 자제하고,

어디가 아프냐고 물으면
갑자기 주름이 늘어
인연의 끝을 타로에게 물은 적이 있다

외출 시 고독을 막을 수 있는 마스크를 반드시 착용합
니다.

제철 눈빛

샐러리는 지금이 제철입니다
지금이 언젠가요?
모란이 질 땐가요 버찌가 익을 땐가요?
아삭함이 다르죠
마요네즈를 곁들이면 조연에서 주연으로
펄쩍 뛰어오르는 숭어를 연주해 볼까요?

오월의 장미가 져도 크리스마스에 장미가 피는데
너는 사계절 내내 샐러리를 몰랐을 때의 표정
아직 멀었어요? 샐러리까지?

아, 너무 시시해
빗소리는 듣는 게 아니야
마음을 접는 거지 우산을 펼치면서
나쁘게 뱉어 낸 말들은 어떤 식으로든
서걱서걱 사각사각 귓속에 남는 것처럼

샐러리는 아삭아삭 씹히는데

책장마다 흘려 놓은 자국들은 어디서
놓쳐 버린 우연인가요

사소한 마음 깃에 눈빛이 미끄러질 때
샐리는 샐러리처럼
싱싱하게 물 먹은 표정이 되지

양하*를 아시나요

어떤 향기는 어둠을 키우기도 한다

뒷마당 버려 둔 그늘에서
소리 없이 크는 양하
작고 매운맛을 가지려면
울음조차 신성해야 한다는 말씀
경전의 힘은 아픈 부위에 있다

무슨 맛일까 궁금해하지 말고
코를 킁킁거리지도 말 것
어떤 향기는
사랑한 기억만 모조리 먹어 치운다

깜깜한 밤을 입고 달아난 염소는
들판을 아무리 헤매도
어느 염소가 우리 집 염소인지 모르겠고
말뚝만 남아 캄캄한 울음을 울고

너무 오래 붙잡을수록
그럴수록 질겨지는 게 마음이니까
달아날수록 붙잡고 싶어지는 목소리는
끝내 몸속에 보랏빛을 심는다

북쪽 그늘에선 마음을 잡아먹는 향기가
무럭무럭 자란다죠

깜깜한 염소는 양하를 먹었을까?

* 제주와 전남 등지의 향토 음식에 활용되는 생강과에 속한 여러해살이풀로 독
  특한 향과 맛, 색을 지니고 있다.

바람까마귀

칼라하리의 비극이 시작된다
너의 목소리는 내가 되고
나는 또 너의 목소리를 증오한다

감시병과 하늘의 제왕을 따돌리고
북쪽의 마음까지 훔치면 완벽한 식탁이 마련된다
자신을 지켜 줄 거라 믿었던 울음은
붙잡고 있던 실이 어디까지 풀려 갔는지 모른 채
소리가 목을 놓아 버린다

엄마야, 나는 왜 자꾸만 슬퍼지지
엄마야, 나는 왜 갑자기 울고 싶지*

보이지 않는 것은 부르지 않는다
북쪽으로 돌아앉은 목소리
얼마나 많은 죄가
울음으로 태어나게 하는 걸까

아무 일도 일어나지 않아서 바람이 부는 걸까 아무도
사랑하지 않아서 비극이 시작되는 걸까

죽음 뒤에도 목소리가 남아 있다면

* 조용필 노래 〈고추 잠자리〉 중에서.

다시, 서귀포

죽었다 다시 살아나는 생이 있다면
한라산은 눈썹 위에 두고
서귀포 물빛은 발아래 두어
노오란 과즙 향기로운 돌담 아래를
느리게 걸어 다니리라

다시 돌아갈 곳이 있다는 희망으로

불멸을 구하러 왔다지, 서복
한평생 푸른 바다엔 전복 소라 멍게 해삼
영원한 보물이 그리움인지도 모르고 돌아갔다지
그 넓고 넓은 대륙에서 마음 하나 구하지 못해
서러운 노을로 몇 달을 쓸쓸하게 타올랐다지

천지연 폭포에 귀를 씻어 번뇌를 지우고
새연교 다리를 건너면
어느새 상처도 인연으로 머문다는데
어디서나 너의 이름이 서쪽이라서 살고 싶어진다

다시 돌아갈 사람이 있다는 위로만으로도

가장 뜨겁게 오래 피는 마을
다시 사는 생이 있다면 그런 생이 온다면
서귀포, 서귀포에 가서 살자

각자도생(各自圖生)

밤의 바다를 지난다
만선의 꿈을 실은 집어등의 불빛과
우후죽순 자라나는 해안의 가게들
없던 알레르기가 생겨나고
늙는 게 지루해서 등만 내미는 등대

마지막이라는 말을 꺼내기 위해
긴 밤의 바다를 지날 때
보드랍던 눈썹 하나 눈동자에 떨어져
바늘보다 더 날카로운 혀를 뱉어 내고

나이테가 있어야 나무가 자랄 수 있다면
풀은 마디마디 어제의 기분을 저장해 놓고
숲에서 잃어버린 사람을 봄에 마주친다고 해도
밤의 바다는 숲으로 가는 길을 묻지 않는다

해무가 세상의 전부일 때도 있는 것처럼

나의 장례식

기다리는 일은
나의 오랜 지병이라서
약속을 하지 않아도
모여드는 구름을 눈으로 핥는다

잡목림 아래로 환하게 떨어지는
그르렁,
눈을 감고 빛을 만지는 나무 아래
심어 둔 유언을 펼치면
나뭇잎 사이로 떨어지는 햇살은
온종일 그르렁 그르렁거리고
내 옆구리에서 작은 콩벌레들이
온종일 가려운 입을 긁어 대느라
와시글덕시글 엎치락뒤치락

죽었는데 잠이 오지 않는 건 뭘까
불면은 불멸의 동의어처럼
어디선가 또 자목련이 피고 있다는 소식

집사의 하품이 길어지면
햇살은 어느새 구름의 정모에 가담한다

물의 언어

고봉준(문학평론가)

1.

　어떤 언어는 그 자체로 세계를 드러낸다. 어떤 사람들은 언어가 사고를 규정한다고 주장하지만 실제로 언어가 규정하는 것은 사고 자체가 아니라 그것의 가능성이다. '언어'와 '사고' 사이에 쉽사리 등치시킬 수 없는 복잡한 관계가 존재하는 것은 사실이지만, 어떤 언어들은 '사고' 내용의 층위와는 별개로 하나의 세계를 개시(開示)한다. 이 경우 우리는 한 개인이 사용하는 언어/단어만으로도 그가 속해 있는 세계를 감지할 수 있다. 이는 시(詩)에도 동일하게 적용된다. 흔히 사람들은 '서정시'와 '자연'을 필연적 관계로 간주하곤 한다. 그런데 전통 서정시가 주로 '자연'을 노래하고, 나아가 '자연' 대상이나 그것의 속성을 전유하여 개인의 정서나 감정을 표현한 까닭은 과거 인간의 삶과 경험, 즉 인간이 농경적·자연적 세계에 속해 있었기 때문이다. 그 시절 인간은 자연적 질서와 변화를 통해 시간의 지속과 흐름을 경험했고, 창공을 유영하는 새의 움직임이나 우리를 빠르게 스치고 지나가는 바람의 속도를 전유하여 빠름과 느림을 표현할 수 있었다. 이처럼 '자연'과의 친연성이 두드러지는 서정시의 세계는 결국 그것을 창작한 시인들, 그리고 그것이 생성·변화된 시대적 배경을 자연 대상을 통해 환기한다고 말할 수 있다. 그러므로 시인 기형도가 '태양'의 배경인 하늘을 마분지처럼 "두꺼운 공중의 종잇장"(「안개」)이라고 표현했을 때, 그 것은 삶의 출구를 찾지 못한 한 개인의 음울한 내면 풍경을 보여 주는 것이면서, 동시에 '서정시'와 '자연'의 조화가 유지될 수 없는 한계, 즉 새로운 감각의 출현을 예고하는 전조였다.

김효선의 시어들 또한 특정한 '세계'와 연속적인 관계를 맺고 있다. 그녀의 언어는 중립적인 소통의 도구가 아니라 강력한 실존을, 그리하여 한 개인과 특정한 '세계'의 내밀한 연속성을 드러내는 기호로 기능하고 있다. 이 기호들은 자신을 언어가 아니라 실존의 층위에서 해석해 줄 것을 요구하는 듯하다. 가령 김효선의 시에 등장하는 자연적 대상을 보자. 통상적인 서정시와 마찬가지로 그녀의 시에도 꽃, 나무, 달, 바다, 새, 바람 같은 자연적 대상이 빈번하게 등장한다. 하지만 먼나무, 화살나무, 자운영, 양하, 가막살, 피라칸다, 좀작살 등의 식물은 통상적인 의미의 자연적 대상이라고 말하기 어렵고, 뱅듸, 먼물깍, 우도, 동자복 서자복, 하논, 톨칸이 등의 장소/지명 역시 '제주도'라는 고유한 세계와 분리되어 존재할 수 없는 것들이다. 이처럼 김효선의 시에서 자연적 대상이나 장소는 대상을 가리키는 일반적인 지시 기능을 수행할 때조차 시인의 삶과 연속적 관계에 있는 고유한 세계를 환기한다. 시인에게 언어는 도구 이전에 시인 자신이 거기에 깃들어 살아가는 세계, 그리하여 마음대로 사용할 수 있는 어떤 것이 아니다. 시는, "새가 쪼아 먹다 남긴 햇살이 글자 위로 툭 떨어집니다 알 수 없는 시가 태어납니다"(「우리도 소풍일까」)라는 진술처럼 의식하지 못하는 순간에 도래한다. 시는 이처럼 예기치 않은 순간에 시인에게 도래한다. 김효선의 시를 읽다 보면 종종 맥락에서 벗어난 이미지나 진술이 등장하여 난감한 순간에 직면하게 되는 경우가 있다. 이러한 진술의 대부분은 일정한 맥락을 과하게 벗어나 요령부득의 개인적 언어나 암호처럼 느껴지곤 한다. 누군가는 시적 언어가 일상 언어에 가해진 조직화된 폭력이라고 규정하기도 했지만, 이 경우 폭력은 '조직화된' 것이라는 점에서 맥락을 벗어난 곳에서 발화되는 김효선의 시적 진술들과 구분된다. 왜, 어떻게 이런 일이 생기는가? 그것은 시인이 자신에게 도래하는 이미지나 언어 등을 날것 그대로 받아들임으로

써 발생하는 현상인 듯하다. 시의 언어는 의미나 정보 전달이 목적인 일상어와 다르지만, 그럼에도 불구하고 일정한 맥락 속에서 발화되기 마련이다. 언어는 이 맥락을 벗어날 때 이해할 수 없는 것이 되고, 때로 이런 난해한 진술로 인해 읽을 수 없는 텍스트가 된다. 김효선의 시편들 가운데 적지 않은 숫자에 이런 진술이 포함되어 있다. 어떤 이들은 이런 진술에 대해 상당한 의미를 부여하는 해석의 모험을 감행하기도 하지만, "말할 수 없는 것에 대해서는 침묵해야 한다"라는 비트겐슈타인의 말처럼 '침묵'을 지키는 것도 하나의 방법이다. 인간의 내적 경험을 포함하여 세계에는 언어로 명제화할 수 없는 것들이 존재하기 때문이다.

2.

시집의 첫 페이지를 펼치면 바닷가 절벽 근처에서 '아침'을 맞고 있는 한 사람이 등장한다. 그는 "절벽에 핀 나리꽃"(「바다유리심장」)을 바라보면서 "아찔한 목소리"를 떠올린다. 이 사람은 왜 바닷가 '절벽'에 머물고 있는 것일까? 자신의 극락왕생을 기원하는 향가 「원왕생가(願往生歌)」의 한 구절을 빌려 와 화자가 말하려는 것은 "그릴 사람 있다 사뢰고 싶습니다"라는 것, 즉 그리움의 감정이다. '미움'과

'사랑' 같은 이미지의 대조를 통해 시인은 어떤 인물에 대한 그리움을 표현하고 있다. 문제는 "너무 많은 걸 생각하면 나를 잃어버려서"라는 표현처럼 타인에게 리비도를 과도하게 투사하는 사람의 내면은 한없이 피폐해진다는 것이다. 시인은 이러한 자기 상실을 "아무리 애써도 알 수 없는 것들/오다가 주웠어 그런 모서리에 기댄 밤"이라는 불투명한 진술에 담아내고 있다. 여기에서 "알 수 없는 것들"이 지시하는 바는 앞서 등장하는 자기 상실, 즉 "나를 잃어버려서"의 결과가 아니라 뒤에 이어지는 "오다가 주웠어"의 목적어에 해당하는 것으로 이해하는 것이 타당할 듯하다. 그러니까 이 시의 화자는 「원왕생가」의 구절이 환기하듯이 누군가에 대한 강렬한 그리움의 정서를 지니고 있고, 그것으로 인해 일종의 자기 상실을 앓고 있다고 볼 수 있다. 그리고 이 자기 상실의 상태, "모서리에 기댄 밤"에 불현듯 자신에게 '도래'하는 무언가를 느끼게 되는데, 화자는 그것을 "주웠어"라고 표현하고 있는 것이다. 이 도래하는 것의 정체가 "새가 쪼아 먹다 남긴 햇살이 글자 위로 툭 떨어집니다 알 수 없는 시가 태어납니다"(「우리도 소풍일까」)라는 진술에 등장하는 시(詩)와 다르지는 않을 것이다.

> 당신은 모자 안에 뭘 숨기고 있나요
> 안개는 자주 미간을 잃어버린 채
> 망망한 대해를 건너야 하는

상투를 쓰고 있지만

모자를 쓰고
사과를 숨기는 사람을 알고 있어요
사과에서 멀어진 기억으로 살기 위해
아침마다 사과즙을 짜내는 손을

모자 안에 장미꽃은 없어요
기린의 목은 왜 모자 안으로 들어갔는지
누가 창문 좀 열어 줘요
담쟁이의 끈질긴 입술을 받아들이느라
목이 말라요 제발 그만 좀 먹어요

양파 껍질처럼 한 겹 한 겹 벗겨지는
모자를 아세요
폭우처럼 쏟아지는 게릴라성 여자를

제발, 모자 안의 당신을 꺼내 주세요

그런데 왜 이렇게 쓸쓸한 거죠?

─「먼 바다」 전문

김효선에게 '바다'는 삶의 상수(常數)이다. 그녀의 시는

'바다'에 접속될 때 가장 돋보이며, 그 순간에는 가장 순도 높은 내면의 언어로 발화된다는 점에서 "물의 언어"(「물 밖에서 가정하다」)라고 말할 수 있다. '먼 바다'라는 제목이 암시하듯이 화자는 지금 멀리 떨어진 곳에서 '바다'를 바라보고 있거나, 하늘과 바다가 맞닿는 수평선 부근을 응시하고 있는 듯하다. 그러므로 이 시의 초반부에 등장하는 '당신'은 '바다'로 읽어도 좋겠다. 그렇다면 '당신=바다'가 '모자'를 쓰고 있다는 진술은 어떻게 이해하면 좋을까? 일종의 개인 상징으로 읽을 수 있는 '모자'라는 기호는 수평선 부근에 떠 있는 '구름'으로 읽을 수 있다. 이 '구름'은 시의 후반부에서 "폭우처럼 쏟아지는 게릴라성 여자"라는 하강의 이미지와 연결된다. '구름=모자'라는 맥락을 벗어난 비유 체계가 살아 있는 은유를 구사하기 위해 고안된 것인지, 불현듯 시인의 뇌리에 떠오른 이미지인지는 확인할 수가 없지만, "안개는 자주 미간을 잃어버린 채/망망한 대해를 건너야 하는/상투를 쓰고 있지만"이라는 표현에서 반복되듯이 이 시에서 바다와 맞닿은 하늘은 시종일관 '모자'나 '상투' 같은 이미지로 형상화되고 있다. 바다에 떠 있는 구름이 그러하듯이, 여기에서 '모자'는 불투명한/불가해한 세계, 즉 내부를 알 수 없는 상태를 가리킨다. 이러한 불투명으로 인해 그것은 "모자를 쓰고/사과를 숨기는 사람을 알고 있어요"라는 진술로 이어진다.

시적 내러티브가 지워진 상태로 제시되었지만, 이 진술

의 핵심은 '숨기다'라는 사건에 있다. '모자'는 무언가를 은폐한다. '모자'는 무엇을 숨기고 있을까? 3연에서 화자는 그것이 "장미꽃"이 아니라고 말한다. 우리는 "누가 창문 좀 열어 줘요", "제발 그만 좀 먹어요" 같은 화자의 정서적 반응도 이런 맥락에서 읽어야 하거니와, 그것은 "제발, 모자 안의 당신을 꺼내 주세요"와 "그런데 왜 이렇게 쓸쓸한 거죠?"라는 두 개의 진술로 귀결된다. 첫 번째 진술에서 '당신'은 더 이상 모자를 쓰고 있는 존재, 요컨대 무언가를 감추는 존재가 아니라 존재 자체가 모자에 의해 감추어진 것으로 표현된다. 그러므로 화자의 요구 사항은 '당신'이 '모자'를 벗는 것이 아니라 '모자'에서 빠져나오는 것으로 바뀌어 있다. 그렇다면 두 번째 진술에 화자가 토로하고 있는 '쓸쓸함'의 감정은 '당신'이라는 존재 자체의 불투명성에서 비롯되는 것이라고 말할 수 있겠다. 화자에게 '바다=당신'은 언제나 불투명한 존재이다. 이런 점에서 제목에 등장하는 '먼'이라는 형용사는 대상의 불투명성에서 비롯되는 심리적 거리감을 표현한 것으로 이해할 수 있다. '먼 바다'가 멀게 느껴지는 이유는 그것이 물리적으로 떨어져 있기 때문만이 아니라 불투명한 대상이기 때문이기도 하다.

밤의 바다를 지난다
만선의 꿈을 실은 집어등의 불빛과

우후죽순 자라나는 해안의 가게들
없던 알레르기가 생겨나고
늙는 게 지루해서 등만 내미는 등대

마지막이라는 말을 꺼내기 위해
긴 밤의 바다를 지날 때
보드랍던 눈썹 하나 눈동자에 떨어져
바늘보다 더 날카로운 혀를 뱉어 내고

나이테가 있어야 나무가 자랄 수 있다면
풀은 마디마디 어제의 기분을 저장해 놓고
숲에서 잃어버린 사람을 봄에 마주친다고 해도
밤의 바다는 숲으로 가는 길을 묻지 않는다

해무가 세상의 전부일 때도 있는 것처럼

― 「각자도생(各自圖生)」 전문

　김효선의 시에 '바다'는 다양한 얼굴로 등장한다. 가령
「먼 바다」에서 '바다'가 불투명성이 고유한 성질인 대상으
로 그려졌다면, 「다시, 서귀포」에서 '바다'는 리비도를 투사
할 대상으로 그려진다. 「다시, 서귀포」에서 시인은 지명의
유래에 관한 설화를 변주하여 '서귀포'에 새로운 가치를 부
여하고 있다. "불멸을 구하러 왔다지, 서복"이 바로 그것이

다. 옛 이야기에 따르면 서복은 중국의 진시황이 천하를 통일한 후 불사약과 불로초를 구하기 위해 파견한 인물이다. 그는 불로장생의 명약을 찾아 헤매다 한라산에 이르렀고, 끝내 원하던 것을 찾지 못하고 서쪽으로 돌아갔는데, 서귀포라는 지명은 바로 여기에서 유래했다는 것이다. 이 시에 등장하는 "죽었다 다시 살아나는 생"이나 "다시 돌아갈 곳", "다시 돌아갈 사람" 등은 모두 서귀포라는 지명의 유래에 얽힌 이야기가 모티프가 되어 만들어진 것들이다. 여기에서 '서귀포'는 "살고 싶어"지는 곳이자 "가장 뜨겁게 오래 피는 마을"로 그려지는데, 이는 시인 자신이 제주도에 대해 어떤 태도를 견지하고 있는가를 단적으로 보여 주는 진술이라고 말할 수 있다.

한편 「각자도생」에서 형상화되는 '바다'는 사정이 조금 다르다. 여기에서 화자는 "밤의 바다"를 지나고 있다. "만선의 꿈을 실은 집어등의 불빛"과 "우후죽순 자라나는 해안의 가게들"과 "늙는 게 지루해서 등만 내미는 등대"는 화자의 이동하는 시선에 포착된 파노라마적 풍경이라고 말할 수 있다. 어두운 밤바다를 배경으로 각각 강렬한 불빛을 내뿜고 있는 것들을 바라보면서 시인은 '각자도생(各自圖生)'이라는 말을 떠올린 듯하다. 3연은 이 각자도생이라는 사건을 시간의 축에서 조명하고 있다. 나무의 "나이테", "어제의 기분"이 저장되어 있는 풀의 "마디", 그리고 잃어버린 사람을 마주치는 계절이라고 규정되는 "봄"은 모두 시간에 관계된 사건들이다. 그러나 "밤의 바다는 숲으로 가는 길을 묻지 않는다"라는 부정적 진술에서 암시되듯이 화자는 "밤의 바다"가 자신이 경험하고 있는 실존적 고독의 문제를 해결해 주리라고 기대하지 않는 듯하다. 이러한 태도와 관련하여 우리가 주목할 점은 화자가 "마지막이라는 말을 꺼내기 위해/긴 밤의 바다를" 지나고 있다는 것이다. 어떤 사람이 홀로 밤바다를 지나면서 삶은 각자도생이라고 생각하는 장면을 떠올려 보면 화자의 내면이 어떤 상태인지 쉽게 상상할 수 있을 듯하다. 그러니까 "해무가 세상의 전부일 때도 있는 것"이라는 말은 객관적 사실에 대한 진술이 아니라 삶에 대한 전망이 온통 불투명한 상태를 표현한 것으로 읽어야 할 것이다.

3.

김효선의 시에 '바다' 다음으로 자주 등장하는 것은 '제주'와 관련된 지명이나 자연 사물이다. 제주의 복신신앙인 '동자복과 서자복'(「서로의 미륵을 부르다」), 우도 해안가의 절벽을 가리키는 '톨칸이'(「우도에는 저녁이 산다」), 벼랑에 위태롭게 매달려 살아가는 풀들인 '가막살, 피라칸다, 좀작살'(「유효 기간」), 제주 서귀포에 위치한 마르형 분화구인 '하논분화구'(「하논의 시간」)……, 이것들 외에도 김효선

의 시에는 '제주'와 관련된 대상들이 반복적으로 등장한
다. 그것들은 시인의 언어를 '제주'라는 맥락에서 읽어야
한다고 강요하는 듯하다. 시(詩)는 직접적인 삶의 기록은
아니지만, 삶이라는 맥락을 벗어나 외따로 존재하는 언어
일 수도 없다. 그런 까닭에 제주에서 태어나 성장하고, 그
곳에 뿌리내리고 살아가는 한 시인의 시를 '제주'라는 삶의
맥락을 무시하고 읽기는 어려울 것이다. 장소에 대한 감
각은 문학작품은 물론 한 인간의 삶을 이해할 때 빼놓을
수 없는 요소임에 분명하다. 하지만 '삶'이라는 맥락을 문
학에 대한 환원적 해석을 정당화하는 장치로 이용해선 안
된다. 시는 삶이라는 맥락 속에서 발화되지만, 이미-항상
그것으로 환원되지 않는 '그 너머'의 세계를 품고 있는 언
어이기 때문이다. 김효선의 시에서 '바다'나 '제주' 이외의
것, 요컨대 일상적 경험에 대한 시적 변주의 양상에 주목
해야 할 이유가 여기 있다.

첫눈이 온다고 했을 때 눈을 감았다
비가 내린다고 했을 때 귀를 닫았다
오후 다섯 시부터
태양은 매일 자신이 죽는 곳으로 인간들을 인도한다
이 세상에 우연이 없다고 생각해?

줄을 튕기면 바다거북의 심장 소리와

암소가 내지르는 비명과
산양의 창자에서 쏟아지는 핏물
12월이면 나는 사라진다 수수께끼처럼 휘파람을 불며
나는 공기의 모든 것

늦게 오는 사람이 있다
기다림 끝에 더 긴 기다림이 있을 거라는 예언은 틀리지
않았다
다시는 그 얼굴을 보지 않겠다고 다짐하며
달은 사라진다
살점이 아직 무릎뼈에 붙어 있다

죽는 것도 죽지 않는 것도 아닌
잊지도 못하고 놓지도 못하는
이 세상에 영원이 없다고 생각해?
이별할 때 버드나무를 꺾어 주었다는
옛사람의 눈빛으로 소금을 켠다
내지르는 비명은 달콤하다

긴 어둠에서 17년을 버티고 나와
고작 두 시간 동안 치른 정사
네 목소리를 들은 건 일주일이다
물론 옷을 벗고 있었다는 건

너만 아는 비밀

　　　　　　　－「어느 악기의 고백」 전문

　　시집의 표제인 이 시에서 '악기'는 '생명－존재'에 대한 비
유이다. 시인은 외부를 향한 '감각'을 차단하는 장면으로
시를 시작하고 있다. '눈'을 감고, '귀'를 닫는 행위가 그것.
인간에게 '눈'과 '귀'는 외부와 연결된 가장 중요한 감각기
관이다. 화자는 왜 자신을 외부와 단절시키는가? 이 시에
는 그 이유에 대한 설명이 없다. 대신 이 단절이 어떤 상
태, 어떤 사건과 연결되는가에 대한 진술만이 존재한다.
그것도 모호한 방식으로. 이 모호한 세계로 들어가기 위
해 먼저 하나의 반복에 주목할 필요가 있다. 이 시는 하나
의 모티프를 다수의 연에 걸쳐 변주하는 방식으로 반복하
고 있다. 1연에서 화자는 일몰 이후의 시간을 "태양은 매
일 자신이 죽는 곳으로 인간들을 인도한다"라고 말하고
있다. 이러한 '죽음'의 모티프는 2연에서 "12월이면 나는
사라진다"로, 3연에서는 "달은 사라진다"로 각각 변주되고
있다. 그런데 이들 사라짐, 즉 '소멸'의 사건은 "다시는 그
얼굴을 보지 않겠다고 다짐하며/달은 사라진다"라는 진술
처럼 자연법칙의 결과가 아니다. 그것은 '다짐'의 산물이라
는 점에서 선택된 소멸이며, 그런 한에서 실존적 사건에
해당한다.

　　한편 이 '소멸'이라는 사건의 이면에는 두 가지 맥락이

놓여 있다. 하나는 "늦게 오는 사람이 있다/기다림 끝에 더 긴 기다림이 있을 거라는 예언은 틀리지 않았다"라는 말로 표현되는 '기다림'이고, 또 하나는 "죽는 것도 죽지 않는 것도 아닌/잊지도 못하고 놓지도 못하는/이 세상에 영원이 없다고 생각해?"라는 말로 표현되는 '결정 불가능'이다. 김효선 시의 화자는 "나는 언제나 먼저 가 기다리는 쪽"(「기연(機緣)」)이라는 진술처럼 기다리는 존재이다. 우리의 일상적 경험이 증언하듯이 기다리는 사람은 사물들에서 특별함을 본다. "시간이 간다고 말할 때 정작 가고 있는 것은 우리 자신"이라는 철학자 베르그송의 지적처럼 기다리는 사람에게 시간은 이미-항상 주관적으로 경험되며, 이 때문에 기다리는 존재가 지속을 경험할 때 그것은 자신과 사물이 공유하는 시간을 경험한다는 의미로 이해된다. 이 시에 등장하는 '영원'은 정확히 이러한 지속으로서의 기다림, 그러니까 어떤 대상에 관한 것이 아니라 기다림 자체에 대한 경험의 표현이다. 즉 "기다림 끝에 더 긴 기다림"은 양적으로 표상할 수 있는 시간이 아니라는 점에서 '영원'을 닮았고, 그것은 미래의 어떤 순간에 종결되는 기다림이 아니라는 점에서 "죽는 것도 죽지 않는 것도 아닌/잊지도 못하고 놓지도 못하는" 결정 불가능한 기다림 자체이다. 그렇다면 시인은 왜 이러한 기다림에 '어느 악기의 고백'이라는 제목을 붙였을까? 추측건대 시인은 17년 동안 땅속에서 기다렸다가 "고작 두 시간 동안 치른 정사"

로 번식에 성공하고 생을 마감하는 매미의 '목소리'를 들은 듯하다. 그리고 그 울음을 생명의 존재 증명으로 받아들였을 것이다. 그런데 '소리'를 내는 것은 매미만이 아니다. 모든 존재하는 것은, 그것이 "바다거북의 심장 소리"건 아니면 "암소가 내지르는 비명"이건 상관없이, 존재의 소리를 낸다는 점에서 일종의 '악기'라고 말할 수 있다. 그리고 그것들은 '소리'를 내기 위해서 오랜 기다림을 견뎌야 하는 존재들이기도 하다.

　　팬이 돌고 있다 안에서도 밖에서도

　　한철 시달린 꿈들이
　　바닥에 얼음을 쏟았고
　　눈썹을 그리려던 펜슬은
　　굴러가 박살이 나 버린
　　오늘인데 글피의 글피를 걱정하다
　　아슬했던 치아가 떨어져 나갔다

　　채워도 채워도 하나가 달아나 버리는 불안은
　　눈을 감고 마음을 봐야 하는 수건돌리기처럼 술래를 알
　수 없다

　　살려고 발버둥 치는 세렝게티를 보며

두 다리보다 두 눈을 어디에 감춰야 할지
하마처럼 입을 크게 벌려 보세요
최대한 크고 날카로운 이빨을 가진다면

내가 나를 다 지나간 후에
별이 빛나는 걸 걱정할까
내가 너를 다 지나간다면
발치한 슬픔이
개코원숭이처럼 돌아오지 않을까

주저앉아 버린 마음이 잇몸에서 흘러내려
아무리 방수를 해도 물이 새는 지붕
팬이 돌고 있다 안에서도 밖에서도

곧 학이 몰려온다는 일기예보다

―「이치(理齒)」 전문

   문학에서 모든 '반복', 즉 반복되는 모든 것에는 특별한 의미가 있다. 이런 점에서 김효선의 시에서 '공간'과 '사건' 다음으로 주목할 것은 반복적으로 표현되는 '감정/정서'이다. '초승달'을 보면서 "달은 왜 아픈 곳만 긋고 지나가는가"(「크루아상」)라고 진술할 때, '서쪽'에 대해 이야기하면서 "먼발치에 서서 무른 사과를 먹는 사자처럼" "간절하다가도 독기가 차올라 숨이 멎는다"(「사랑하는 서쪽」)고 고백할 때, 그리고 "찔린 부위보다 찌르는 부위 쪽으로/기울었던 마음"(「분홍바늘꽃」)이나 "마음을 훔친 사람보다 마음을 뺏긴 사람의 뒤통수만 본 탓"(「개기 월식」)이라고 말할 때, 우리는 시인이 '감정/정서'의 층위에서 시적 대상과 관계 맺음을 목격한다. 실제로 '그리움'(「바다유리심장」), '불안'(「애인」), '기다림'(「어느 악기의 고백」), '쓸쓸함'(「먼 바다」와 「우표를 붙이겠습니까」) 등처럼 김효선의 시는 '감정/정서'에 새겨진 사물/대상의 흔적인 경우가 많다. 그녀가 사용하는 이미지들이 특별히 난해한 까닭도 대상이 '감정/정서'에 의해 굴절되어 표현되기 때문일 것이다. 「이치(理齒)」가 그렇다.

전체 일곱 개의 연(聯)으로 구성된 이 시에서 이미지와 이미지, 또는 연과 연은 계기적(繼起的)으로 제시되지 않는다. '나전칠 모란넝쿨무늬 경전함'이 "깨어진 조각을 이어 붙이면/피할 수 없는 인드라망"(「나전칠 모란넝쿨무늬에 감기다」)인 것처럼, 이 시에서 이미지들은 논리적 관계는 물론이고, 이미지의 변주나 확장을 매개로 하는 은유적·환유적 관계를 이루고 있지 않다. 이렇게 시에서 이미지가 병치될 때 그것에 통일감을 부여하는 것, 즉 해석의 고정점(point de caption) 역할은 '제목'이 담당한다. 그런데 '이치(理齒)'라는 낯선 제목은 우리를 더 먼 곳으로 데려가는 느낌이다. 시 내용에 "최대한 크고 날카로운 이빨"과 "발치한 슬픔"이 등장하므로 이 시의 모티프가 이[齒]임을 짐작하기는 어렵지 않지만 시적 진술들은 좀처럼 손쉬운 해석을 허락하지 않는다. 이 시를 어떻게 읽으면 좋을까? 두 가지를 제안하고 싶다. 먼저 각 연의 중심에 '감정/정서'가 제시되고 있고, 그것이 일정하게 반복된다는 사실에 주목하자. 예컨대 불안(2연), 두려움(4연), 슬픔(5연) 등이 그것이다. 다음으로 이 시의 직접적 모티프—제목에도 등장하듯이—가 '이[齒]'라는 점을 기억하자. 이 두 가지 맥락을 연결하면 '팬'이 돌고 있는 1연의 시적 상황은 치과 진료 장면으로 간주할 수 있다. 이치(理齒)라는 낯선 한자의 조합을 '이의 논리'로 읽자는 제안이다. 시인은 왜 치과를 찾았을까? "아슬했던 치아가 떨어져 나갔"기 때문일 것이다. 이렇게 읽으면 "한철 시달린 꿈들이/바닥에 얼음을 쏟았"다는 진술은 오래전부터 이에 문제가 있었다는 의미로, "눈썹을 그리려던 펜슬은/굴러가 박살이 나 버린"이라는 진술은 부서진 펜슬처럼 이가 예고 없이 부서졌다는 의미로 이해할 수 있다. 그렇다면 "채워도 채워도 하나가 달아나 버리는 불안"이란 이에 문제가 생긴 것이 이번이 처음이 아니라는 의미가 아닐까.

3연은 치료 장면이다. 화자는 "눈을 감"은 채 치료실 의자에 누워 있다. 여기에서 "살려고 발버둥 치는 세렝게티"란 의자에 포박된 채 속으로 발버둥 치는 자신의 모습을 다큐멘터리 화면에 오버랩시킨 상상일 것이고, "입을 크게 벌려 보세요"라는 진술은 환자의 '두려움'과 무관하게 발화되는 의사의 목소리일 것이다. 치료가 끝났을 때 화자에게는 "발치한 슬픔"이 남았다. 화자의 심리가 '불안'에서 시작해 '두려움'을 거쳐 마침내 '슬픔'에 당도한 것이다. 바로 이 '슬픔'의 감정에 몰입하여 "주저앉아 버린 마음이 잇몸에서 흘러내려/아무리 방수를 해도 물이 새는 지붕"이라는 문장을 읽으면 그것이 한편으로는 무너져 내린 마음 상태를, 또 한편으로는 이를 뽑은 신체 상태를 동시에 표현하고 있음을 느낄 수 있다.

4.

김효선의 시에는 두 개의 표정이 존재한다. '바다-제주'로 연결되는 삶에 대한 공간적 맥락이 하나이고, 일상적 경험의 시적 변주를 통해 익숙한 세계를 낯선 세계로 바꾸는 위반의 미학이 다른 하나이다. 전자에서 우리는 한 인간의 삶을 둘러싸고 있는 세계, 그 세계와 교감하면서 살아가는 존재의 투명한 내면을 만나게 되고, 후자에서 미지의 세계를 향해 끝없이 나아가는 시적 변주, 그것이 만들어 내는 우연적이고 자유로운 상상력의 유영을 경험하게 된다. 특히 후자의 경우 시는 예기치 않은 시간에, 뜻하지 않은 방식으로 시인에게 도래하는 것, 그리하여 시

166

인은 그 도래를 기다리는 존재이거나 한층 적극적으로 지금-이곳의 질서로부터 이탈하려고 시도하는 모습으로 등장한다. "우리도 작약 한번 하실래요?"(「우리 작약할래요?」) 같은 도발적인 제안은 그녀의 시에 시인 자신을 일상적 질서의 바깥으로 데려다주는 비약의 계기가 잠재되어 있음을 증언한다. 하지만 독자의 한 사람으로 되돌아와 그녀의 시를 다시 읽으면 김효선의 시가 지닌 고유성, 특히 읽는 이의 마음을 크게 움직이는 힘은 아무래도 다른 지점에 있음을 깨닫게 된다. 이번 시집에 수록된 시편들 가운데 이러한 힘의 울림이 돋보이는 작품은 「물 밖에서 가정하다」와 「몽상, 애월에서」이다.

한나절 물속을 들여다보고 있으면
물의 여자가 되기 쉽다

오래 주물럭거린 물살은 어느새
나와 닮은 얼굴로 쳐다보고
구름은 지나가는 배경으로 거들 뿐

악다구니와 공포와 알 수 없는 신음들이
녹이 슬어 무기력해진 얼굴로
앙금처럼 깊게 가라앉았다

찰나에 흰 새 한 마리 물 밖으로 날아간다

골목마다 검은 풍경들이 조각조각 나눠진다
그림자가 퍼즐을 맞추기 시작하자
보이지 않던 나무가 시커먼 발바닥을 드러내고
방풍나물처럼 갈라진 입에서
들을 수 없는 물의 언어가 쏟아진다

파문이 인다
물의 여자가 물 밖으로 걸어 나온다

흰 절벽 끝에 한 발로 서 있는
　　　　　　　　　　　　　　　-「물 밖에서 가정하다」 전문

　두 편의 시에서는 공통적으로 읽는 사람을 오래 붙들어 두는 힘이 느껴진다. 이 '힘'의 기원을 설명하기는 어렵다. 「물 밖에서 가정하다」에서 화자는 '물속'을 들여다보고 있고, 「몽상, 애월에서」에서 화자는 '애월 바다'를 마주보고 있다. 전자에서 화자가 보는 것은 "나와 닮은 얼굴"이고, 후자에서 화자가 보는 것은 "내가 아는 얼굴이 아니"다. 인용 시에서 물속을 들여다보고 있는 화자는 거기에서 "악다구니와 공포와 알 수 없는 신음들이/녹이 슬어 무기력해진 얼굴로/앙금처럼 깊게 가라앉"은 것을 목격한다. 그녀가 물속, 즉 물의 심연에서 발견한 것은 '물 밖'의 존재가 가늠하기 어려운 '타자'의 세계이다. 5연에 등장하는 "방풍나물처럼 갈라진 입에서/들을 수 없는 물의 언어가 쏟아진다"라는 진술은 정확히 이 물속 세계의 타자성을 가리킨다. 이처럼 김효선의 시에서 '물=바다'는 이미─항상 삶의 배경으로 펼쳐지지만 그것은 친밀한 생활 세계의 일부가 아니라 시인이 끝내 "들을 수 없는" 언어를 쏟아 내는 불가해한 세계로 형상화된다. 추측건대 "한나절 물속을 들여다보고 있으면/물의 여자가 되기 쉽다"라는 진술 또한 '물'과의 대면에서 인간이 주체/중심이 될 수 없음을 의미하는 것으로 읽힌다. 「몽상, 애월에서」에서 이러한 '물'의 타자성은 시간의 흐름을 통해 묘사되는바, "오후 내내 반짝이는 윤슬이었다가/저녁이 오면 사라지는 꽃들"이나 "초승에서 하현으로 넘어가는 동안/바다는 멀미로 기억을 잃고" 같은 진술이 대표적이다. 여기에서 시인은 "오래 바라보면 볼수록" 친근한 대상으로 여기던 '바다'가 낯설게 경험되는 순간에 대해 이야기하고 있다. 익숙한 것이 낯선 것으로, 주체의 배경이라고 간주되던 세계가 이질적인 세계로, 그리하여 "우리 언제 만난 적 있나요?"(「몽상, 애월에서」)라고 물어야 하는 대상으로 등장할 때가 바로 시(詩)가 발화되는 순간이다. 그리고 이 지점에서 두 개의 표정은 하나가 된다. 익숙한 것이 낯선 것으로, 투명하던 세계가 불투명한 세계로, 그리하여 대상이 "들을 수 없는 물의 언어"로 이야기할 때, 시인은 그것을 자신의 음성으로 번역하는 복화술사가 된다.

시인수첩 시인선 034
어느 악기의 고백

ⓒ 김효선, 2020

초판 1쇄 발행 2020년 4월 20일
초판 2쇄 발행 2020년 10월 20일

지은이 | 김효선
발행인 | 강봉자·김은경

펴낸곳 | (주)문학수첩
주   소 | 경기도 파주시 문발로 214-12(문발동 511-2) 출판문화단지
전   화 | 031-955-4445(대표번호), 4503(편집부)
팩   스 | 031-955-4455
등   록 | 1991년 11월 27일 제16-482호

홈페이지 | www.moonhak.co.kr
블로그 | blog.naver.com/moonhak91
이메일 | moonhak@moonhak.co.kr

ISBN 978-89-8392-816-0 03810

「이 도서의 국립중앙도서관 출판예정도서목록(CIP)은 서지정보유통지원시스템
홈페이지(http://seoji.nl.go.kr)와 국가자료공동목록시스템(http://www.nl.go.kr/
kolisnet)에서 이용하실 수 있습니다.(CIP제어번호: CIP2020007643)」

이 책은 2018년 아르코 문학창작기금의 수혜를 받아 발간되었습니다.

* 파본은 구매처에서 바꾸어 드립니다.